Ein Weihnachtshund kommt selten allein

Band 1 der Reihe *Handtaschen-Geschichten*

Elli Joy

Ein Weihnachtshund kommt selten allein

Band 1 der Reihe *Handtaschen-Geschichten*

Bibliografische Information der Deutschen Nationalbibliothek:
Die Deutsche Nationalbibliothek verzeichnet diese Publikation in der Nationalbibliografie; detaillierte bibliografische Daten sind im Internet über http://dnb.dnb.de abrufbar.

© 2015 Elli Joy Alle Rechte vorbehalten.

Coverfoto: Africa Studio - Shutterstock
Bild im Logo: FRACTAL - Shutterstock

Herstellung und Verlag: BoD – Books on Demand, Norderstedt

ISBN: 9783739220703

Inhalt

Das Halbfinale...7

Dumm gelaufen...10

Wir backen einen Mann....................................16

Der Weihnachtswunschzettel...........................21

Eine ungewöhnliche Begegnung.......................24

Noch mal Glück gehabt.....................................30

Das Abendessen..34

Tortengold am Ende?..40

Der Brief..45

Die Wende...50

Unerwarteter Besuch..52

Eine geheimnisvolle Legende............................61

Ein besonderes Weihnachtsfest........................66

Die Autorin..72

Das Halbfinale

„Wir kommen jetzt zur Entscheidung im Halbfinale von „Weihnachtsbäckerei mit Herz" Wir haben super Plätzchen, Torten und Pralinen gesehen, doch nur einer kann gewinnen und ins Finale kommen.

Nora Lichtenberg von der Bäckerei „Tortengold", ich fange mal bei Ihnen an. Ihre Pralinen waren absolut lecker, doch leider war die Weihnachtstorte zusammengefallen und der Teig nicht richtig durchgebacken. Leider haben Sie es nicht ins Finale geschafft."

Moderator Carsten Mohay redete noch weiter, aber Nora hörte nur noch wie durch Watte, was er sagte. „Das war meine letzte Chance, das Ruder noch mal rumzureißen", murmelte sie vor sich hin. Mit dem Preisgeld von 10.000 Euro für den ersten Platz hätte ich es noch schaffen können. Aber so wird es wohl das letzte Weihnachten für „Tortengold" sein.

Nora nahm ihre Pralinen und die angeschnittene Torte und verließ den Raum, in dem die Jury der Sendung gerade die Bäckerei feierte, die es bis ins Halbfinale geschafft hatte.

Sie verließ den Raum, ohne sich noch einmal umzudrehen, ohne sich von der Jury zu verabschieden, ohne den Kolleginnen und Kollegen der anderen Bäckereien auf Wiedersehen zu sagen.

Die restliche Torte warf sie in eine Mülltonne, die vor dem Herrenhaus stand, in dem die Preisverleihung stattfand. Schon als Kind war sie hier immer spazieren gegangen und hatte davon geträumt, einmal in einem solchen Herrenhaus zu wohnen, das fast so groß und pompös war, wie ein Schloss. Sie hatte sich vorgestellt, dass sie dort wie eine Prinzessin lebt, morgens das Frühstück von goldenen Tellern und den Tee in goldenen Tassen serviert bekam, bevor sie mit ihrem Mann ausritt und den Tag genoss.

Nichts von alledem war eingetroffen. Jetzt saß sie hier in Goldenberg, einem kleinen Ort mit 5000 Einwohnern fest. Ja, das Herrenhaus war auch in Goldenberg, etwas weiter draußen. Es war aber auch die einzige Attraktion des Ortes, außer den drei Cafés und dem Restaurant, welches ein Sternekoch führte, den es hier in die Einsamkeit verschlagen hatte. Dieser Sternekoch hatte jahrelang in Berlin gelebt und gearbeitet, doch dann wurde ihm die Stadt zu laut und zu viel. Jetzt lebte er schon seit fünf Jahren in Goldenberg. Er hatte das alte, fast verfallene Gutshaus der von und zu Goldenberg gekauft und wiederhergerichtet. In diesem

Gutshaus hatte jetzt auch das erste Halbfinale der Sendung „Weihnachtsbäckerei mit Herz" stattgefunden.

„Schade, dass er schon verheiratet ist", hatte Nora mehrfach gedacht, als der Sternekoch in das Gutshaus eingezogen war. Seitdem John, ihr Mann, nach Amerika gegangen war, mit einer anderen Frau, und sie hatte sitzen lassen, war Nora alleine mit ihrer Tochter Kathleen. Kathleen wurde der Einfachheit halber Kathy genannt.

Sie war 9 Jahre alt und ging in die örtliche Grundschule. Nora hatte ganz schön viel zu tun, die Bäckerei und Konditorei nahm sie völlig in Anspruch. Deshalb war sie ja so froh, dass sie ein Jahr zuvor endlich eine Bäckereifachverkäuferin einstellen konnte, damit sie nicht alles alleine machen musste. Aber so wie es aussah, konnte sie sich diese bald nicht mehr leisten, wenn nicht, ja, wenn nicht ein Wunder geschah. In ihren Augen sollte dieses Wunder der Gewinn der Show „Weihnachtsbäckerei mit Herz" sein, doch das hatte sich eben gerade zerschlagen.

Dumm gelaufen

„Und, bist du im Finale?" Kathy war zur Tür hereingekommen. Die Schule war heute schon eine Stunde früher aus. Nora saß am Küchentisch und hatte den Kopf in die Arme gestützt. „Hey Mama, was ist denn los?" Kathy spürte, das etwas nicht stimmte. „Haben Sie deine Torte geliebt?

Nora sagte immer noch kein Wort. Sie streckte den Arm aus zu einem der Pappschälchen, in denen noch ein paar Pralinen lagen, die sie für die Show hergestellt hatte und steckte sich eine in den Mund.

Dann sah sie endlich auf und wendete sich Kathy zu, die immer noch im Türrahmen der Küchentür stand. „Nein, ich bin nicht weitergekommen", sagte sie trocken, fast tonlos. „Och, Mama." Kathy versuchte sie zu trösten, doch Nora schickte sie in ihr Zimmer. „Lass mich bitte noch mal für ein paar Minuten alleine."

Wieder nahm Nora eine Praline und stopfte sie in den Mund. „Die haben der Jury ja geschmeckt", sagte sie zu sich selbst. Sie aß solange, bis alle Pralinen aufgegessen waren.

„Mama, gibt es was zu essen, ich habe Hunger!" Kathy stand wieder im Türrahmen. „Nein, geh doch einfach in die Bäckerei und hole dir was. Josefine ist ja da, sie kann dir was geben. Josephine war die Bäckereifachverkäuferin. Sie war ab mittags im Laden und verkaufte das Brot, die Brötchen oder auch ein Stück Torte mit Kaffee oder Cappuccino. Neben ihr hatte Nora nur noch einen Angestellten, der ihr beim Backen half. „Jetzt werde ich wahrscheinlich einen von beiden entlassen müssen und noch mehr selbst machen müssen", murmelte sie vor sich her.

Das war nicht immer so, erst seit einem Jahr. Da hatte nämlich eine Straße weiter eine Großbäckerei eröffnet. Die Preise waren niedrig, die Menschen gingen nach und nach immer mehr dorthin. Nur einige wenige spürten, dass es bei Nora um die Liebe für das Backen ging, dass alles mit Liebe gemacht war, mit Herz, mit ausgesuchten Zutaten, natürlich alles biologisch.

Die Milch für ihre Backwaren bezog sie von einem Bauern aus Goldenberg, den sie schon seit ihrer Kindheit kannte. Jetzt war sie mittlerweile 35 und der ältere Bauer hatte den Hof an seinen Sohn abgegeben, mit dem Nora zusammen zur Schule gegangen war. Seit neuestem gab es sogar eine vegane Torte in ihrem Angebot und spezielle Brötchen für Veganer. Sie hatte gehofft, damit wieder neue Kunden in ihre Bäckerei zu locken, doch dann entdeckte sie, dass die Großbäckerei ebenfalls ihr Angebot erweitert hatte und die veganen Brötchen und Kuchen dort natürlich viel preiswerter waren als bei ihr.

Gerade als Nora darüber nachdachte, wie es jetzt weiterging, klingelte das Telefon. Nora stand langsam auf und schlurfte in den Flur. Sie hatte gar keine Lust, den Hörer abzuheben. Wer weiß, was es jetzt wieder für eine Hiobsbotschaft gab. Gerade als sie sich entschied, den Hörer doch abzunehmen, ging der Anrufbeantworter an: „Marianne Lebeleicht von der Firma Fando & Co, einer großen Werkzeugfabrik in Goldenberg, rief an. Ich suche eine Bäckerei, die für unseren Chef eine ganz besondere Weihnachtstorte bäckt. Er hat nämlich Jubiläum, wissen Sie."

„Nora Lichtenberg", Nora sprach schnell in den Hörer. Sie brauchte jetzt jeden Auftrag. „Ja, das können wir gerne machen, wie soll die Torte den aussehen? Was darf sie denn kosten?" „Ach, sie soll das Thema Jubiläum mit dem Thema Weihnachten verbinden und drei Stockwerke haben. Sie soll auch einen größeren Durchmesser haben als die normalen Torten sonst. Sie darf gerne 350 bis 400 Euro kosten. Aber dafür wollen wir auch wirklich etwas Besonderes. Sonst könnten wir ja gleich zu der Großbäckerei hier um die Ecke gehen." „Wann brauchen Sie denn die Torte?" „In drei Tagen, wäre das möglich?" „Ja, das geht. Wenn Sie möchten kommen Sie doch morgen noch mal in die Bäcke-

rei, dann besprechen wir alles in Ruhe." Als Nora auflegte, atmete sie erst einmal tief durch. Eine solche Torte hatte sie noch nicht gebacken. In dieser Größe hatte sie gar keine Backformen, geschweige denn, das Rezept.
Sofort ging sie ins Arbeitszimmer, fuhr den Computer hoch und recherchierte im Internet.

Kathy hatte sich mit einem Brötchen aus der Bäckerei, das mit Käse belegt war, in ihr Zimmer zurückgezogen. Draußen im Flur klingelte wieder das Telefon. Nora nahm das gar nicht richtig wahr, so sehr war sie mit der Suche nach dem richtigen Rezept für die Torte beschäftigt. Nach einer Weile sprang der Anrufbeantworter an: „Hallo, hier ist Lara. Nora, bist du zuhause? Wir waren doch heute Abend verabredet, denkst du daran? Ich erwarte dich so um 19:00 Uhr. Freue mich auf dich. Tschüssi."

Lara sagte immer Tschüssi, sie sagte nie Tschüss, auf Wiedersehen oder Ciao, wenn sie sich verabschiedete. Sie war Noras beste Freundin und Lehrerein an Kathys Grundschule. Lara war ebenfalls Single. Sie hatte noch nie den Versuch einer Heirat unternommen. Der richtige Mann hatte sich angeblich noch nicht gezeigt. Vielleicht hatte sie aber auch Angst, sich zu binden. Das wusste man bei ihr nicht so genau. Jedenfalls, jedes Mal, wenn sie jemanden kennen gelernt hatte, dann beendete sie die Beziehung, sobald es ernster wurde. „Mein Beruf erfüllt mich so", sagte sie immer, wenn sie auf das Thema „Männer" angesprochen wurde. Dann wechselte sie schnell das Thema.

Nora hatte es tatsächlich vergessen, dass sie einen Termin mit Lara hatte. Vielleicht würde ihr das ja guttun, wenn sie sich mit Lara traf, überlegte sie. Sie klappte das Notebook zu, nicht ohne vorher noch schnell ein Rezept für eine große Torte mit mehreren Schichten auszudrucken.

Eine halbe Stunde später stand sie fertig angezogen im Flur. „Kathy, ich gehe zu Lara. Wenn was ist, die Telefonnummer findest du im Adressbuch neben dem Telefon. Ich bleibe heute auch nicht so lange weg."

Kathy war es gewohnt, mal für ein paar Stunden alleine zu sein, auch wenn es ihr nicht gefiel. Sie hatte dann immer ein bisschen Angst. Plötzlich erschien die Wohnung so still und dann knackte irgendwo etwas, vielleicht dehnte sich gerade das Holz vom Parkett aus oder es war ein Holzschrank im Wohnzimmer. Jedenfalls erschrak sie dann immer so sehr. Spätestens dann fing sie an, ihren Papa zu vermissen. Früher war er immer da gewesen, wenn ihre Mutter abends weg war. Jetzt war sie ganz alleine.

Plötzlich kam ihr eine Idee: Sie könnte doch ihren Papa in den USA anrufen. Kathy ging zum Telefon, blätterte in dem Adressbuch. Dort stand „John" und dann eine längere Telefonnummer. Kathy hatte das schon öfters gemacht, aber nie jemanden erreicht. Immer kam die Ansage „The person you are calling, is not available." So war es auch heute wieder. Wie es ihm wohl ging? Was er wohl gerade tat? Wie er wohnte? Verstand er sich noch mit seiner neuen Frau? Kathy war immer noch sauer auf diese Frau. Sie liebte ihren Papa über alles. Doch kaum war er mit der Frau nach Amerika gegangen, hatte er jeglichen Kontakt abgebrochen.

Kathy ging in die Küche, schenkte sich ein Glas Limo ein und schaltete den Fernseher an. „Bald ist Weihnachten", sagte eine Frauenstimme gerade. Es wird Zeit, die Wunschzettel zu schreiben und die Geschenke für die Liebsten auszusuchen. Ich hätte da ein paar Tipps…"

Kathy wechselte das Programm. Das Wort „Weihnachten" machte sie traurig, denn es würde das erste Weihnachten ohne den Vater sein und sie vermisste ihn doch so.

Wir backen einen Mann

„Ich kann verstehen, dass du enttäuscht bist." Lara führte ein Stück Marzipantorte zum Mund. „Hm…, deine Torte ist lecker, wie immer. „Ja, aber, wenn ich damit zu wenig verdiene? Dann nützt mir das auch nichts", erwiderte Nora mürrisch.

„Ich versteh dich ja", antwortete Lara. Lass uns doch mal über etwas Schönes reden. Wie wäre es, wenn wir uns ein Silvestermenü im Goldenberger Hof leisten? Da muss man sich nämlich bald anmelden." „Ach, das ist ja viel zu teuer für eine alleinerziehende Mutter." Nora stützte den Kopf auf die Arme. Nichts lag ihr an diesem Tag ferner als die Silvesterplanung. „Ja aber, ich könnte dich doch einladen", erwiderte Lara. „Lass es! Es hat keinen Zweck heute!" Noras Stimme klang verzweifelt.

„Manchmal wünschte ich mir, ich hätte einen Mann. Wäre bloß John noch da." „Ach, John." Lara machte eine wegwerfende Handbewegung. Der hat dir doch so weh getan. Sagt, er ist auf einer zweiwöchigen Dienstreise und macht Urlaub mit diesem Flittchen. Also, mich wundert es, dass du nicht die Schnauze voll hast von Männern. Du weißt doch, wie die sind. Die meisten kannst du vergessen. Die sehen dich als bessere Haushaltshilfe. Ich bin froh, dass ich alleine bin." Lara reagierte auf dieses Thema ziemlich allergisch. „Wenn ich da nur an Georg denke, kommt mir schon die Galle hoch. Das Blaue vom Himmel hat er mir versprochen. Ja, und ich habe durchgehalten, während er studiert hat, habe das Geld für uns beide verdient. Und als er mit dem Studium fertig war, ging er mit einer Ingenieurin nach Dubai. Erinnerst du dich nicht mehr?"

„Doch, doch, ich erinnere mich," erwiderte Nora. „Ich kann dich auch verstehen, aber manchmal habe ich einfach Sehnsucht nach Zärtlichkeit, nach Unterstützung, nach jemandem, der am Wochenende da ist, der mir bei einem gemeinsamen Fernsehabend die Hand hält und der mit mir kuschelt. Jemand, der mir die Hühnersuppe ans Bett bringt, wenn ich krank bin, jemand, der mal einkaufen geht und der Kathy tröstet, wenn sie mit einer schlechten Note nach Hause kommt. Ich…"
„Stopp!" Lara rutschte unruhig auf ihrem Stuhl hin und her, sie musste sich das Lachen verbeißen. „Du glaubst wirklich, dass es so einen Mann gibt? Den musst du wohl erst noch backen." So was gibt es nur im Märchen." „War ja klar, dass du nicht daran glaubst", erwiderte Nora. „Ich habe eine Idee." Lara holte ein paar Blätter Papier und einen Kugelschreiber. „Wir können ja ein Experiment machen. Das

Spiel heißt *Wir backen einen Mann.* Ich hab das neulich im Fernsehen gesehen, da haben die das auch gemacht. Man nimmt einen Zettel und schreibt möglichst alle Eigenschaften auf, die der zukünftige Mann haben sollte. Dann legt man den Zettel in eine Schmuckschatulle oder in die Nachttischschublade und lässt einfach los und schaut, was kommt." „Wie? Nichts weiter? Und das soll gehen?" Nora glaubte nicht so recht daran. „Du weißt doch, das Fernsehen darf man nicht so ernst nehmen. Die erzählen einem alles Mögliche, was nicht stimmt." „Aber einen Versuch ist es wert." Lara wollte nicht so schnell aufgeben. Sie hatte plötzlich auch große Lust, dieses Spiel zu spielen. Es sollte ja auch nicht ihr eigener Mann werden, der da gebacken wurde. „Na, gut." Nora war einverstanden, es mal auszuprobieren.

Lara nahm den Kugelschreiber und schrieb oben auf das Blatt: „Ein Mann für Nora". „Dann mal los, Nora. Du erzählst und ich schreibe."

„Ja, also…" Nora fiel plötzlich nichts mehr ein. Was hatte sie nur vorhin gesagt, als sie die Sehnsucht nach einem Mann verspürt hatte?

„Er soll zärtlich sein", sagte Lara. „Stimmt", entgegnete Nora. Und er sollte auch mal im Haushalt helfen. Aber vor allem möchte ich, dass wir uns gut verstehen, ähnliche Hobbys haben und auch tiefgehende Gespräche führen können." „Was meinst du denn damit?" Lara zog die Stirn in Falten. „Tiefgehende Gespräche." Das klingt so philosophisch. „Ja, über Gott und die Welt halt. Was das Leben überhaupt für einen Sinn. Ach, weißt du was: Ich will einfach nicht, dass er so oberflächlich ist, den ganzen Abend vor dem Fernseher sitzt und ansonsten auch nur noch Autos und Fußball kennt." „Er soll also das Gegenteil von einem „normalen" Mann sein?" Lara runzelte die Stirn. „Ja. Sonst wäre er viel zu langweilig." Männer, die nur die Klischees erfüllen, können mir gestohlen bleiben!" Nora wurde richtig energisch. Dann musste sie wieder an das Halbfinale denken. „Ach, das hat doch eh keinen Zweck, lassen wir dieses Spiel. Ich bin heute einfach nicht gut drauf." „Komm, mach dir nicht so viele Gedanken über die Sache mit dem Halbfinale. Ich kann ja verstehen, dass du traurig bist, aber das Leben geht weiter."

Lara redete und redete. Sie merkte gar nicht, dass Nora immer mehr kleiner wurde. Sie senkte den Kopf, denn es kamen ihr die Tränen und sie wollte nicht, dass Lara es sah. Lara war anders. Sie zeigte fast nie eine emotionale Regung, nur, wenn sie wütend war. Dann ging es zur Sache. Dann wurde sie laut und brüllte auch schon mal jemanden an. Doch wenn sie sich beruhigt hatte, tat ihr das schon wieder leid und sie entschuldigte sich schnell. „Es wird sich schon ein Weg finden", Lara versuchte es noch einmal, Nora gut zuzureden.

Doch Nora stand plötzlich auf, nahm ihren Mantel und ging zur Tür. „Es hat keinen Zweck heute." Sie ließ ihre Haare so fallen, dass sie ihre Augen bedeckten, denn die Tränen liefen ihr das Gesicht hinunter.

„Ich melde mich bei dir in den nächsten Tagen", sagte sie schnell und schon war sie draußen. Sie hörte auch nicht, dass Lara ihr noch etwas hinterherrief. Sie schaute nur, dass sie möglichst schnell aus der Sichtweite war. Lara, die immer so stark erschien, durfte unter keinen Umständen sehen, dass sie weinte.

Das war eine blöde Idee mit dem Mann. Als ob man den einfach backen kann, kam es ihr in den Sinn. Und überhaupt, so jemanden wie John, würde sie wahrscheinlich eh nicht mehr finden.

Der Weihnachtswunschzettel

Bevor Nora mit dem Bus nach Hause zu Kathy fuhr, weinte sie erst einmal. Sie hatte sich an der Bushaltestelle ein bisschen Abseits hingestellt, damit niemand ihre Tränen sah. Gerade, als sie sich wieder ein wenig gefangen hatte, kam der Bus.

Nora drehte den Schlüssel in der Tür herum und rief laut: „Bin wieder da!"

„Mama, ich möchte einen Hund zu Weihnachten! Im Fernsehen haben sie heute gezeigt, wie ein Mädchen einen Hund bekommt, der ihr bester Freund wird. Bitte, bitte, bitte." „Kathy, du weißt doch, dass das nicht geht. Und überhaupt, was zeigen die denn da für einen Quatsch im Fernsehen. Man soll doch zu Weihnachten keine Haustiere verschenken, so als wären sie Gegenstände. Das ist unmöglich!" „Ich möchte aber trotzdem einen Hund!"

„Kathy, ich bin müde und will schlafen. Hast du deine Hausaufgaben gemacht?" „Mama, der Hund im Fernsehen war so süß." Kathy begann von Neuem. „Weißt du, wie viel Arbeit das macht? Das bleibt alles wieder an mir hängen. Schluss jetzt. Pack deine Sachen und geh ins Bett. Ich muss mir jetzt noch ein Rezept für die große Torte ausdenken, die ich für Fando & Co. machen muss." „Aber schau doch wenigstens einmal auf meinen Wunschzettel!" Kathy ließ nicht locker. Doch Nora hatte überhaupt keinen Nerv dafür. Sie wusste ja noch nicht mal, ob sie überhaupt Weihnachtsgeschenke kaufen konnte, so schlimm, wie es um ihre Bäckerei stand.

Kathy war traurig. Den Papa hatte sie nicht erreicht und die Mama wollte sich den Wunschzettel noch nicht einmal anschauen. Sie fühlte sich so alleine. Niemand schien sie zu verstehen, sich für sie zu interessieren. „Vielleicht lege ich ihn auf das Fensterbrett für den Weihnachtsmann", sagte sie leise zu sich selbst.

Doch sie war sich nicht mehr sicher, ob es den Weihnachtsmann überhaupt gab. Aber sie hoffte es. Den Weihnachtsmann und die Weihnachtsfee. Die Oma hatte ihr immer so schöne Geschichten vorgelesen, wie die Weihnachtsfee dem Weihnachtsmann half, die vielen Geschenke zu verteilen. Ja, sogar, wie die Weihnachtsfee Geschenke zauberte, damit jedes Kind etwas bekam, auch die Kinder, deren Eltern kein Geld für Weihnachtsgeschenke hatten.

Kathy vermisste ihre Oma, die in Berlin wohnte. Leider sah sie sie so selten. „Vielleicht soll ich zu Oma gehen und sie fragen, ob sie mir einen Hund schenkt." Doch noch eh sie diesen Gedanken weiterspinnen konnte, wurde sie müde und schlief ein. Dabei hatte sie sich noch nicht einmal ihren Schlafanzug angezogen. Aber es war auch schon ziemlich spät, 23.00 Uhr, um es genau zu sagen. Schon bald träumte sie von der Weihnachtsfee, die in ihrem weiten Kleid angeflogen kam, das in allen Regenbogenfarben schillerte und dabei doch ganz zart war. Sie nahm den Wunschzettel vom Fensterbrett, gerade noch rechtzeitig, bevor eine Windböe kam und ihn fortwehen wollte.

Eine ungewöhnliche Begegnung

Nora war schon nachts um 2.00 Uhr aufgestanden, damit die Torte für Fando & Co. rechtzeitig fertig wurde. Bis Mitternacht hatte sie noch Rezepte im Internet gesucht, doch nichts wirklich Passendes gefunden. Immer wieder hatte sie den Zettel durchgelesen, den Frau Lebeleicht ihr vorbeigebracht hatte. Doch auf dem Zettel stand nur, dass die Torte zwei Meter hoch sein, aus drei Stockwerken bestehen sollte und das Thema Jubiläum mit dem Thema Weihnachten verbinden sollte.

Soweit so gut. Doch dann kam nur noch eine lange Liste, was nicht in die Torte durfte. Sie durfte keine Rosinen enthalten, statt Kuhmilch sollte Mandelmilch genommen werden, denn Herr Berger, der Chef von Fando & Co., vertrug keine Kuhmilch. Marzipan durfte auch nicht verwendet werden, weil das Herr Berger nicht mochte. Und auf gar keinen Fall eine Buttercreme, denn Herr Berger achtete auf seine schlanke Linie. So ging es immer weiter.

Am Schluss entschied sich Nora sich für eine Torte, die zunächst erst einmal aus dunklen und hellen Mürbteigböden bestand. Die Böden hatte sie schon am Vortrag gebacken. Für die Füllung nahm sie abwechselnd eine leichte Nougatsahne-Creme und Zitronensahne-Creme. Obendrauf kam ein Schokoladenguss, den sie mit Zimtröllchen, Schlagsahne und kleinen Weihnachtsmännern aus Schokolade verzierte, da Herr Berger ja kein Marzipan mochte.

Der krönende Abschluss war ein Tannenbaum, den sie aus Lebkuchenteig herstellte und anschließend mit grüner Lebensmittelfarbe verzierte, damit er echt aussah. Oben auf der Spitze des Tannenbaums prangte ein Stern aus Lebkuchenteig, auf dem stand „Danke für 40 Jahre Fando & Co."

„So, fertig", sagte sie zu sich selbst. Mittlerweile war es 7.00 Uhr morgens und draußen würde es bald hell werden. Stolz erfüllte Nora. So eine Torte hatte sie noch nie gebacken. Vorsichtig setzte sie die Torte in den großen Karton, den sie extra für den Transport zu Fando & Co. besorgt hatte und stellte sie im Verkaufsraum auf einen der Tische, an denen die Leute manchmal tagsüber ihren Kaffee tranken und ein Stück Kuchen aßen.

Jetzt würden schon bald die ersten Leute kommen und ihre Brötchen fürs Frühstück holen, die diesmal ihr Assistent gebacken hatte, während sie mit der Torte beschäftigt war.

Da fiel ihr ein, dass sie ja ein Foto von der Torte machen wollte. Also nahm sie die Torte noch einmal vorsichtig aus dem Karton, zückte ihr Smartphone und machte ein paar Aufnahmen.

Gerade, als sie die Torte wieder in den Karton zurücklegen wollte, bimmelte die Tür der Ladentür und Frau Meier von nebenan kam herein, um ihre Brötchen zu kaufen. „Wow, was für eine tolle Torte!" Sie konnte gar nicht aufhören, die Torte anzustarren. Frau Meier wohnte gegenüber von der Bäckerei. Sie kam jeden Tag und holte ihre Brötchen, vor allem jetzt, wo sie Zeit hatte, weil sie nicht mehr bei Fando & Co. arbeitete.

„Ja, wie immer", sagte sie und fing an in ihrer Handtasche nach der Geldbörse zu suchen. „Hier, bitte." Nora hatte ihr die Brötchen bereits in eine Tüte gepackt. „Bis morgen" sagte Frau Meier noch. Sie ging zur Ladentür und öffnete sie, als ein braunes Etwas an ihr vorbeihuschte. Draußen hörte sie einen Mann rufen: „Komm her, Waldi! Wirst du wohl herkommen!" Dann hörte man den Klingelton vom Smartphone des Mannes. „Ach, verdammt", fluchte er.

Nora konnte gar nicht so schnell reagieren. Es war, als wäre sie wie in einer Schockstarre gefangen, denn was nun geschah, sah sie wie in Zeitlupe. Sie erkannte einen Hund, einen braunen Labrador, der sofort zur Torte getigert war und jetzt genüsslich schmatzte. Verdammt! Die schöne Torte! Der Auftrag von Fando & Co.! Nora erwachte aus dem

Schreckensmoment und schrie: „Wirst du wohl da wegkommen, du verdammte Töle!" Sie ging zu dem Tisch, doch der Hund knurrte. Er hatte den Kuchen bereits erobert und dachte gar nicht daran, ihn mit irgendjemandem zu teilen. „Wo kommt dieser Hund her!" Nora brüllte jetzt noch lauter.
Die Ladentür bimmelte und ein Mann kam herein. „Waldi, wirst du wohl hierherkommen!" „Sehen Sie, was Ihr Hund angerichtet hat. Fünf Stunden Arbeit futsch und der Auftrag auch!" Nora war verärgert und verzweifelt zugleich.

Das Smartphone des Mannes klingelte. Er holte es aus seiner Aktentasche und rief ungeduldig: „Nein, Herr Fischer, ich habe gerade keine Zeit!" Dann legte er auf. „Waldi, jetzt komm!" Doch Waldi dachte gar nicht daran, auf sein Herrchen zu hören. Er vertilgte gerade den Weihnachtsbaum, der als Dekoration auf der Torte gewesen war.

In diesem Moment öffnete sich die Ladentür und Kathy kam herein. „Mama, du hast vergessen, mich zu wecken!" Nora schaute auf die Uhr. Mist, es war bereits 7.45 Uhr und Kathy musste in einer Viertelstunde in der Schule sein.

Da entdeckte Kathy den Hund. „Oh, ein Hund!" Sie rannte zu dem braunen Labrador hin und streichelte ihn. Seltsamer Weise knurrte dieser bei ihr nicht. Wieder klingelte das Smartphone des Mannes. „Herr Fischer, ich habe Ihnen doch gesagt, dass es nicht passt. Ja, ich komme heute Nachmittag bei Ihnen im Unternehmen vorbei und dann schauen wir uns die Zahlen an. Versprochen." Dann legte er auf. „Wieder ein Unternehmen, dass ich vor der Pleite retten soll", murmelte er. „Waldi, jetzt komm endlich!"

„Sie müssen mir das ersetzen!" Nora dämmerte langsam, dass die Torte hinüber war. „Das war ein Auftrag, die Torte war für 10.00 Uhr bestellt und jetzt ist sie kaputt. Der Schaden ist nicht mehr wiedergutzumachen!"

Wieder klingelte das Smartphone des Mannes. „Ja, nein. Ich habe unseren Termin nicht vergessen. Ich bin in einer halben Stunde bei Ihnen", sagte der Mann.

Kathy streichelte Waldi immer noch. Sie hatte nur Augen für den Hund. Erst, als der Mann laut rief: „Komm, Waldi", ließ sie den Hund los.

Nora war auf 180. Ihr schöner Auftrag, die Nachtarbeit, alles für die Katz, nein, pardon, wohl eher auf den Hund gekommen. „Raus!" Sie brüllte so laut, dass der Hund erschrocken winselte. „Alle raus hier!"

„Ich bin sowieso in Eile, ich melde mich noch mal wegen des entstandenen Schadens." Der Mann nahm seinen Hund am Halsband, legte ihm die Leine an und zerrte ihn aus dem Bäckerladen.

Nora ließ sich erschöpft auf den Stuhl fallen und fragte sich, was sie jetzt tun sollte. Jetzt noch so eine Torte backen, das schaffte sie in der kurzen Zeit nicht. Sie musste Frau Lebeleicht von Fando & Co. anrufen und ihr beichten, was geschehen war. „Mama, das war aber ein seltsamer Mann", sagte Kathy. Obwohl, mit seinen mittelblonden Haaren sah er gut aus. Das fand zumindest Kathy.

„Los, ab in die Schule", rief Nora, bevor sie sich dranmachte und die Reste der Torte aufsammelte.
Das einzige, was sie jetzt noch tun konnte, war, die Großbäckerei um Hilfe bitten, damit die Torte wenigstens eine Stunde später geliefert werden konnte. Dort gab es genug Leute, die so eine Torte in relativ kurzer Zeit backen konnten. Sie tat es ungern, aber sie wollte auf keinen Fall den Auftrag verlieren und Frau Lebeleicht und Herrn Berger von Fando & Co. enttäuschen.

Noch mal Glück gehabt

Nora legte den Hörer auf. Was sollte sie jetzt tun? Die Großbäckerei hatte gerade abgesagt. Sie konnte den Auftrag für die Torte nicht so ohne Weiteres übernehmen. Gerade in den Wochen vor Weihnachten häuften sich die Aufträge und da war kein Platz mehr für die Herstellung einer solch komplizierten Torte.

„Was soll ich nur tun?" Nora verzweifelte langsam. Keine kleine Bäckerei würde das jetzt so schnell schaffen, denn in drei Stunden war die Feier, für die die Torte bestimmt war. So ein Mist aber auch! Musste dieser Mann mit dem Hund ausgerechnet heute auftauchen? An dem Tag, wo sie erstmalig und wahrscheinlich auch letztmalig eine solche Torte gebacken hatte? Wo kam er überhaupt her? Sie hatte ihn noch nie in dieser Gegend gesehen. Durch Ihre Bäckerei kannte sie die meisten Leute, die dort wohnten.

„Mama, Mama, ich hab den Mann mit dem Hund im Park getroffen!" Kathy kam von der Schule nach Hause und strahlte. „Der Hund ist so süß. Und der Mann ist echt nett. Er hat gesagt, dass er noch mal vorbeikommt und dir Geld gibt, weil der Hund doch alles kaputt gemacht hat."

„Hör mir auf mit diesem Mann! Ich will ihm am liebsten gar nicht mehr begegnen. Der soll Geld in einen Umschlag stecken und in den Briefkasten werfen."

Die beiden wurden in ihrem Gespräch unterbrochen, als das Telefon klingelte. Nora sprang hin und nahm den Hörer ab. „Nora Lichtenberg von der Bäckerei Tortengold", meldete sie sich.

„Guten Tag, hier Frau Lebeleicht von Fando & Co." Nora erschrak so, dass ihr der Hörer aus der Hand fiel.

„Hallo, sind sie noch dran", tönte es aus dem Hörer. Schnell nahm Nora ihn wieder in die Hand und sprach: „Guten Tag, Frau Lebeleicht. Sie wollen sicher wissen, wie weit ich mit der Torte bin. Ich…" „Nein, da vertraue ich Ihnen, Frau Lichtenberg", antwortete sie. Aber leider muss ich Ihnen für heute absagen. Der Chef ist überraschend krank geworden und wir müssen die Feier auf den 23. Dezember verschieben. Sie haben die Torte jetzt sicher schon gebacken?" Nora überlegte, was sie sagen sollte. „Selbstverständlich zahlen wir ihnen etwas für die schon geleistete Arbeit", redete Frau Lebeleicht weiter. „Wären Sie denn bereit, die Torte auch für den 23. Dezember zu backen?"

„Ja, ja", stotterte Nora. Sie wusste gar nicht, wie ihr geschah. Damit hatte sie nun überhaupt nicht gerechnet. Eben hatte sie noch alle Felle davonschwimmen sehen und dann löste sich alles in Wohlgefallen auf. Jetzt bekam sie sogar das Geld für die erste Torte, die der Hund kaputt gemacht hatte.

Doch dann sagte Frau Lebeleicht etwas, das Nora erstarren ließ. „Wissen Sie, ich bin nachher bei Ihnen in der Nähe, dann schaue ich mir die Torte mal an und nehme sie mit. Dann mache ich halt den Mitarbeitern und Mitarbeiterinnen unserer Firma eine Freude."

Nora atmete tief durch. Ihr Herz schlug schneller. Eben sah noch alles gut aus, jetzt musste sie gestehen, dass die Torte gar nicht existierte. Was wäre, wenn Frau Lebeleicht einen Rückzieher machen würde, weil sie nicht schon längst Bescheid gesagt hatte?"

Nora räusperte sich. Sie versuchte ruhig zu bleiben. Dann sagte sie: „Wissen Sie, Frau Lebeleicht. Ich bin Ihnen eine Erklärung schuldig. Ja, die Torte war fertig. Aber dann hat ein Hund sie aufgefressen." „Was?" Frau Lebeleicht lachte laut durch den Hörer. „Ein Hund?" Dann wurde sie gleich wieder ernst und sagte: „Der läuft doch wohl nicht bei Ihnen in der Backstube herum." „Nein, der war im Verkaufsraum vorne und zufällig stand die Torte dort. Selbstverständlich müssen Sie mir für diese Torte nichts zahlen." Nora hoffte, dass sie Frau Lebeleicht so beruhigen konnte.

„Na ja, dann ist ja gut. Dann hoffe ich, dass am 23.12. alles klappt. Ich bitte Sie, die Torte bis 12:00 Uhr zuliefern." „Wird gemacht", sagte Nora.

Dann verabschiedeten sich die beiden voneinander. Nora ließ sich erleichtert auf einen Stuhl fallen. Sie wusste, dass sie gerade großes Glück gehabt hatte. Beinahe wäre alles schiefgegangen und sie hätte vielleicht sogar einen Auftrag verloren.

Kathy stand immer noch da und sagte nichts. Dann fiel ihr etwas ein. Sie kramte in ihrem Schulrucksack und holte einen Briefumschlag hervor. „Das hat mir der Mann mit dem Hund für dich gegeben", sagte sie.

Das Abendessen

Kathy hatte lange auf Nora eingeredet, nachdem sie den Umschlag geöffnet hatte. Der unbekannte Fremde mit dem Hund entschuldigte sich vielmals für den Schaden. Jetzt war er nicht mehr der unbekannte Fremde, sondern hatte einen Namen. Mit Daniel Waselowski hatte er unterschrieben und eine Visitenkarte beigelegt, auf der stand, dass er Unternehmensberater sei.

Nora war immer noch sauer wegen des Vorfalls. Aber schließlich war ja alles noch mal glimpflich ausgegangen. Am 23. Dezember würde sie besser aufpassen, wenn die Torte fertig war. Dann würde sie die Torte hinten in der Backstube stehen lassen, wo niemand außer ihr und ihrem Assistenten hineindurfte.

Sie hatte zwar wenig Lust, mit diesem Mann essen zu gehen, aber auf der anderen Seite fand sie es auch nett, wie er sich entschuldigt hatte. Wahrscheinlich traute er sich wegen des Hundes nicht, noch mal in der Bäckerei vorbeizukommen.

Also zog Nora ihren schicken, engen türkisfarbenen Hosenanzug an und für darüber nahm sie ihren silberfarbenen Blazer, der mit Pailletten besetzt war, die glitzerten, wenn das Licht darauf fiel.

Gerade als sie gehen wollte, klingelte das Telefon. Sie hörte noch, wie Lara ihr auf den Anrufbeantworter sprach und Kathy den Hörer abnahm. „Die Mama hat ein Date", sagte sie. Nora hätte so gerne gewusst, was Lara darauf geantwortet hat. Aber sie wollte jetzt nicht noch mal umkehren, denn der Bus ins Zentrum fuhr in ein paar Minuten.

Tatsächlich hatte der Mann, ach so, Daniel, sie in den Goldenberger Hof eingeladen, das In-Restaurant in der Stadt. Der Inhaber hatte sogar einen Michelin-Stern und das Essen sollte zwar sehr speziell aber ziemlich gut sein. Nora war noch nie dort gewesen, das war ihr zu vornehm und auch zu teuer.

Als Sie zur Tür hereinkam, sah sie Daniel Waselowski schon an einem der Tische am Fenster sitzen. Er winkte ihr zu.

„Guten Abend. Schön, dass Sie meine Einladung angenommen haben. Ich muss mich wirklich noch mal bei Ihnen entschuldigen", sagte er und holte einen Umschlag aus seiner Tasche. „Ich hoffe, das Geld reicht für den entstandenen Schaden. Ich hab nämlich keine Ahnung, was so eine Torte kostet, und das, obwohl mein Urgroßvater Bäcker war, sogar ein ziemlich guter, wie man mir immer erzählt."

Nora schaute in den Umschlag. Darin lagen 500 Euro. „Oh, vielen Dank. Das ist wirklich nett von Ihnen", sagte sie und spürte, dass sie plötzlich ein bisschen verlegen wurde. Hoffentlich werde ich nicht rot, dachte sie. Ich will doch schließlich nichts von dem Mann.

„Was machen Sie eigentlich beruflich", wechselte sie das Thema. „Ich rette Unternehmen", antwortete Daniel. „Hä, was?" Nora schaute ihn verdutzt an.

„Ja also, ich bin Unternehmensberater. Mich rufen die Firmen immer, wenn sie nicht mehr weiterwissen, weil es ihnen finanziell so schlecht geht. Manchmal habe ich schon einige Firmen vor der Insolvenz gerettet, aber immer klappt es nicht."

„So was bräuchte ich jetzt für meine Bäckerei", platzte es aus Nora heraus. Sie war über sich selbst verwundert. Eigentlich sollte sie doch verärgert sein, wegen der Torte am Morgen. Doch sie spürte keinen Ärger. Stattdessen hatte sie ein unerklärliches Wohlgefühl in der Gegenwart dieses Mannes. Sie versuchte das zu verdrängen. Ich kenne diesen Typ doch gar nicht. Wahrscheinlich ist er verheiratet. Und schließlich ist das hier nur ein geschäftliches Wiedergutmachungs-Treffen, versuchte sie sich innerlich zu beruhigen.

„Ach, vergessen Sie es, ich kann mir sie doch gar nicht leisten", sagte sie schnell.

Inzwischen war das Essen serviert worden. Beide hatten sich geschmorte Rinderbäckchen mit Barolo-Sauce, Kartoffelstampf und frischen Pfifferlingen bestellt. Daniel hatte vorgeschlagen, dass sie doch auch gleich einen Barolo dazu trinken sollten. Nora hatte erst abgelehnt. Sie war zwar mit dem Bus gefahren, aber sie wollte nichts riskieren und lieber nüchtern bleiben.

„Ach, ein Gläschen werde ich mal trinken", sagte sie dann doch nach einer Weile. Der schmeckt ja wirklich köstlich.

Draußen hatte es zu schneien begonnen. Die Schneeflocken tanzten an den Fenstern vorbei. Drinnen brannte das Kaminfeuer und es war kuschelig warm. Das Restaurant war gut besucht, nur zwei Tische waren noch frei. Im Hintergrund lief eine angenehme sanfte Jazz-Musik, die die ganze Szene noch wohliger erscheinen ließ. „Hier könnte ich jetzt bleiben", sagte Nora plötzlich. So schön konnte das Leben sein, dabei hatte der Tag so schlimm begonnen.

„Ja, ich finde es auch sehr angenehm mit dir, Nora", antwortete Daniel. „Oh, jetzt habe ich „Du" gesagt. Ist das in Ordnung?" „Ja, das ist in Ordnung", entgegnete Nora. Sie schaute Daniel in die Augen. Sie waren strahlend blau und schienen das Licht im Raum zu reflektieren. Nora hatte das Gefühl, als können sie sich in diesen Augen verlieren. Es erschien ihr wie eine Ewigkeit, die sie in Daniels Augen geschaut hatte. Dabei waren es nur zwei Minuten gewesen. Außerdem war Daniel so gar nicht ihr Typ. Er hatte mittelblonde Haare, sie liebte Männer mit dunklen Haaren. Er hatte blaue Augen. Sie mochte Männer mit braunen Augen. John war genau so ein Mann, wie sie ihn sich immer gewünscht hatte. Aber John war jetzt mit einer anderen Frau in Amerika. Er war weit weg, und es war noch nicht einmal sicher, ob er zu Weihnachten kommen würde.

Nora blickte auf ihre Uhr. „Oh, ich muss gehen." Es war bereits 22:30 Uhr. Eigentlich konnte sie gleich aufbleiben und schon mal die ersten Brötchen backen, bevor ihr Assistent kam, überlegte sie.

„Das ist aber schade", bedauerte Daniel. „Vielleicht sollte ich morgen mal in der Bäckerei vorbeikommen und mir die Zahlen ansehen." „Nein, nein. Ich kann mir das doch gar nicht leisten", sagte Nora schnell. Doch Daniel hörte nicht hin. Er schaute Nora immer wieder an. Wie schön sie doch aussah in ihrem Hosenanzug und mit dem Blazer, der im Licht glitzerte. Sie hatte fast schwarze Haare, so schwarz wie Ebenholz und braune Augen.

Daniel hätte sie am liebsten in den Arm genommen, aber er beherrschte sich noch gerade. „Ich rufe dir ein Taxi", sagte er und holte sein Smartphone aus der Tasche.

Nora fühlte sich glücklich. Der Abend war, entgegen ihrer Erwartungen, wunderschön gewesen. So etwas hatte sie lange nicht mehr erlebt. Manchmal glaubte sie, dass es ein Traum war, aus dem sie aufwachen würde und dann wäre alles vorbei.

Dann war es tatsächlich vorbei, weil das Taxi kam. Daniel half ihr in den Mantel. Zum Abschied nahm er sie in den Arm und küsste sie schnell auf den Mund. Was war das? Nora fühlte, wie ihr heiß wurde. Ihre Wangen waren bestimmt rot. Schnell bedankte sich für den schönen Abend und für das Geld für die kaputte Torte.

Als sie ins Taxi stieg, drehte sie sich noch einmal um und winkte Daniel zu, der wieder ins Restaurant ging. Ob er verheiratet ist? Diese Frage ließ sie nicht mehr los, bis sie zuhause war.

Tortengold am Ende?

Nora saß am Küchentisch und las den Artikel in den Goldenberger Nachrichten immer wieder: „Muss Tortengold schließen?" stand da in großen Buchstaben und darunter: „Großbäckerei wird Platzhirsch Nr. 1."

„So eine Frechheit", Nora tobte innerlich. Ihre Hände ballten sich zu Fäusten. Am liebsten hätte sie auf den Tisch gehauen, dass die Kaffeetasse von der Untertasse heruntergehüpft wäre. Wer kam dazu, ein solches Gerücht in die Welt zu setzen?

In dem Artikel stand: „Die Traditionsbäckerei „Tortengold, schon in dritter Generation von Nora Lichtenberg geführt, muss wahrscheinlich schließen. Gerüchten zufolge sind die Zahlen des letzten Quartals so schlecht, dass Nora Lichtenberg noch nicht einmal mehr ihre Miete bezahlen kann. Kunden erzählen, wie verzweifelt sie in der letzten Zeit gewesen war, wenn sie den Laden betreten haben. Die Großbäckerei Hanser beliefert inzwischen auch alle größeren Unternehmen mit Torten, Kuchen oder belegten Brötchen für die Mittagszeit. „Wir sind sehr zufrieden mit diesem neuen Service, das hätten wir schon vor Jahren haben sollen", so ein Sprecher der Firma Fando & Co."

Nora las gar nicht weiter. „Was für eine bodenlose Frechheit!" Sie nahm die Zeitung und warf Sie in Richtung Spüle. „Jetzt nehmen die mir auch noch mit Fando & Co. meinen besten Kunden weg."

Dann schreckte sie plötzlich auf. Wer hatte diesen Artikel überhaupt geschrieben? Wer hatte die Informationen an die Zeitung weitergeleitet? Niemand außer diesem Daniel wusste doch davon etwas. Sollte er etwa? „Und ich Dussel habe mich auch noch in den verliebt. Am besten, ich vergesse ihn so schnell wie möglich. Nora schaute auf die Uhr. Sie musste schon längst in der Bäckerei sein. Heute stand Buchhaltung auf der Tagesordnung. Sie durfte gar nicht daran denken, wie traurig es wäre, wenn sie einen von ihren treuen Mitarbeitern entlassen musste, weil das Geld nicht mehr reichte.

„Wie konnte ich diesem Mann nur vertrauen", murmelte sie vor sich her. Wahrscheinlich war das nur passiert, weil er ihr das Geld gegeben hatte. Und dann hatte er alle Informationen aus mir herausgelockt. Vielleicht war er ja gar kein Unternehmensberater, sondern ein Journalist, der heimlich für den Artikel recherchiert hatte? Nora unterbrach ihr Gedankenwirrwarr und schaute sich den Artikel noch einmal an. Stand da nicht immer ein Kürzel für den Namen des Autors unter dem Artikel? Tatsächlich: Unter diesem Artikel stand „W.D." „Klar, da hat dieser Daniel einfach mal seine Anfangsbuchstaben verdreht.

Als sie zur Bäckerei kam sah sie schon, wie Frau Janow und Frau Schmidt vor der Tür standen und tuschelten. Sie hörte nur Wortfetzen, wie „das wäre aber schade. Na ja, die Torten sind bei Hanser ja auch viel billiger. Aber die Brötchen sind längst nicht so gut." „Guten Tag die Damen!" Nora rief das ein bisschen lauter als sonst. „ist es wirklich wahr?" „Nein, Frau Schmidt, nichts von dem, was in dem Artikel steht, ist wahr. Ja, es ist nicht einfach, seitdem Hanser seine Großbäckerei zwei Straßen weiter hat, aber es ist machbar. Der ganze Artikel ist eine üble Verleumdung." Nora redete sich immer mehr in Rage.

Sie hörte erst auf, als ein Hund um ihre Beine strich und freudig mit dem Schwanz wedelte. Es war Waldi. „Hau ab!" rief Nora erbost. Du hast mir gerade noch gefehlt.

In diesem Moment kam Daniel um die Ecke. „Waldi, komm! Komm zu mir", rief er.

Nora ließ die beiden Frauen stehen und rief: „Was hast du dir eigentlich dabei gedacht!" „Wobei?" Daniel war verwirrt. Er hatte sich gerade an diesem Tag dafür entschieden, seine Brötchen nicht mehr bei Hanser zu kaufen, sondern bei Nora.

„Du hast doch diesen Artikel geschrieben. Erst horchst du mich aus und dann schreibst du so etwas. Und mir erzählst du, dass du ein Unternehmensberater bist!"

„Ich? Ich soll den Artikel geschrieben haben? Ich kann zwar mit Zahlen umgehen, aber doch keine Artikel schreiben." Daniel war verwirrt. Er konnte es gar nicht leiden, vor anderen Menschen bloßgestellt zu werden. „Ich wollte nur Brötchen bei dir kaufen", murmelte er und blickte in Noras Richtung. „Komm, Waldi, wir gehen." Daniel drehte sich um und ging. Waldi trottete hinterher.

Frau Janow und Frau Schmidt starrten ihm hinterher. „Wow, der war aber sympathisch. Also, wenn der noch zu haben wäre…", in diesem Moment vergaß Frau Schmidt gerade, dass sie mit ihren 70 Jahren wahrscheinlich schon doppelt so alt war, wie Daniel.

„Brauchen Sie noch was?" Nora war heute nicht so höflich wie sonst. Die beiden Frauen hatten aber schon alles, was sie brauchten und gingen dann auch schnell nach Hause.

Nora beschloss am Abend mit Lara zu telefonieren. Jetzt musste sie sich erst einmal auf die Buchhaltung konzentrieren. Als sie die Einnahmen und Ausgaben der letzten drei Monate zusammenrechnete, erschrak sie. Das sah ja noch schlimmer aus, als sie gedacht hatte. Was sollte sie nur tun? Auch heute war der Andrang in der Bäckerei nicht so groß wie noch im Frühjahr, bevor Hanser seine

Pforten öffnete. „Was ist, wenn ich die Bäckerei doch schließen muss?" Nora runzelte die Stirn und fasste sich an den Kopf. Dann kam ihr ein Gedanke, den sie am liebsten gar nicht denken wollte: Was wäre, wenn sie sich bei der Großbäckerei Hanser bewerben müsste, ihrem ärgsten Konkurrenten, um Geld zu verdienen? Schnell verdrängte sie den Gedanken.

Eine Stimme brachte sie wieder in die Gegenwart zurück: Josephine, Ihre Bäckereifachverkäuferin, stand in der Tür des Büros und fragte: „Sieht es wirklich so schlimm aus?" „Ja, es sieht nicht gut aus, aber ich versuche zu retten, was ich retten kann", antwortete Nora.

Der Brief

„Ja, Lara, vielleicht hast du recht. Ich habe natürlich sofort gedacht, dass er es war, der den Artikel geschrieben hat. Wer denn sonst weiß, wie es um meine Bäckerei steht?" Er ist der Einzige, mit dem ich darüber gesprochen habe." „Ja, warum vertraust du dich denn gleich einem Fremden an? Das ist schon ungewöhnlich", konterte Lara.

Nora hatte es sich auf dem großen Ohrensessel im Wohnzimmer bequem gemacht, während sie telefonierte. Es war gerade Mittagspause in der Bäckerei, und sie hatte sofort Lara angerufen, um ihr zu erzählen, was passiert war.

„Wie findest du diesen Daniel eigentlich?" Lara war neugierig. „Welche Augenfarbe hat er? Ist er verheiratet? Was macht er beruflich?" Die Fragen platzen nur so aus Lara heraus. „Ach, er hat blaue Augen und nein, ich weiß nicht, ob er verheiratet ist. Beruflich rettet er Unternehmen. Na ja, meines hat er bald zerstört, wenn er so weitermacht."

„Jetzt hör doch auf! Du weißt doch gar nicht, ob er das mit der Zeitung wirklich war und für die Sache mit seinem Hund hat er sich ja entschuldigt", entgegnete Lara.

In diesem Moment hörte Nora den Schlüssel in der Tür. Kathy kam aus der Schule. „Mama, ich hab den Mann mit dem Hund im Park getroffen!" Kathy kam ins Wohnzimmer und legte einen Brief auf Noras Schoß. „Was soll das, du sollst doch nicht mit fremden Menschen sprechen. Und mit Männern schon gar nicht!" Nora war verärgert, dass sie schon wieder mit diesem Mann konfrontiert wurde." Der Hund ist so süß. Ich darf sogar heute Nachmittag mit ihm spazieren gehen, wenn du es mir erlaubst. Bitte, Mama."

„Lara, ich muss auflegen, ich muss das jetzt erst mal mit Kathy klären. Mach's gut und vielen Dank." Nora legte den Hörer auf und schaute Kathy in die Augen. „Ich will nicht, dass du mit dem Hund spazieren gehst. Wir kennen doch diesen Mann überhaupt nicht."

Doch dann dachte sie wieder an Daniels blaue Augen. Sie erinnerte sich daran, wie sie einen Tag zuvor alles um sich herum vergessen hatte, als sie ihm in die Augen blickte. Für einen Moment hatte sie sich sogar gewünscht, dass Daniel nicht verheiratet war, dass er sich in sie verlieben würde. Doch das war vorbei. Schnell versuchte sie Daniels Augen zu vergessen.

„Mach doch mal den Brief auf", rief Kathy ungeduldig. "Geh schnell in die Küche, heute gibt es Nudeln mit Tomatensoße, die kannst du dir warm machen", versuchte Nora abzulenken. Kaum war Kathy aus dem Zimmer verschwunden, nahm sie den Brief in die Hand und öffnete ihn vorsichtig.

Liebe Nora,

es tut mir leid, wenn ich dich verletzt habe. Ich weiß allerdings nicht, wie und womit. Heute musste ich jedenfalls den ganzen Tag an unseren Abend gestern denken. Ich war dankbar, dass du meiner Einladung gefolgt bist. Um so erstaunter war ich heute Morgen, denn ich weiß nichts von einem Artikel in der Zeitung, den ich geschrieben haben soll. Ich bin kein Journalist und wirklich Unternehmensberater.

Es wäre außerordentlich schade, wenn deine Bäckerei schließen müsste. Neulich habe ich die Petit fours probiert, die waren sensationell. Ich spüre, mit welcher Liebe du das alles machst.

Habe ich noch eine Chance, dass wir uns noch mal sehen? Ich habe eine Karte für die Zauberflöte heute Abend beigelegt. Ich bin auch dort. Vielleicht sehen wir uns? Ich würde mich sehr freuen.

Herzlichst, Daniel.

Nora spürte, wir ihr die Tränen die Wangen herunterliefen. Dieser Brief berührte sie. Zwar meldete sich ihr Verstand sofort und versuchte ihr einzureden, dass das doch alles gelogen sein könnte, aber sie schob die Bedenken weg. Ihr Herzzentrum wurde ganz weit und es schien ihr, als würde die Sonne plötzlich zwischen den Wolken hervorscheinen, obwohl es ein trüber Tag war.

Wieder und wieder las sie den Brief und immer noch liefen ihr die Tränen die Wangen hinunter.

Sie wusste gar nicht, was los war, bzw. tief in ihrem Herzen wusste sie es, aber sie wollte es noch nicht so richtig wahrhaben.

„Kathy, du darfst mit dem Hund spazieren gehen. Aber sei bitte zurück, bevor es dunkel wird. Heute Abend gehe ich in die Oper, dann bist du wieder alleine." „Mit Daniel?" Kathy kam ins Wohnzimmer gestürmt. „Ja, mit Daniel", antwortete Nora und sie spürte ein angenehmes Kribbeln im Bauch. Ein solches Kribbeln hatte sie schon lange nicht mehr gespürt. Den Gedanken, dass Daniel den Artikel geschrieben haben könnte, ließ sie endgültig los.

Die Wende

„Nora!" Daniel freute sich, dass Nora ins Theater gekommen war. Diesmal trug sie ein langes königsblaues Abendkleid mit einem weiten Rock. „Bezaubernd siehst du aus!" Daniel war so entzückt, dass er sie immer wieder anschauen musste.

„Weißt du, eigentlich wollte ich nichts mehr mit dir zu tun haben, nach der Sache mit der Zeitung. Aber deinen Brief fand ich so wunderschön. Er hat mich so berührt. Ich fragte mich: Ist das wirklich der Mann, der den Artikel geschrieben hat? Jemand, der statt einer E-Mail oder einer WhatsApp lieber einen Brief schreibt? Einfach wundervoll, dein Brief. Mir fehlen die Worte."

Am liebsten hätte Nora Daniel jetzt in den Arm genommen, aber sie traute sich nicht. Daniel musste wohl die gleiche Idee gehabt haben. „Komm her", sagte er und nahm sie in den Arm. Dann küsste er sie ganz sanft auf den Mund. „Aber du hast wirklich nichts mit dem Artikel zu tun?" Nora fühlte sich hin- und hergerissen. Einerseits genoss sie es, in den Armen dieses Mannes zu sein, andererseits funkte ihr Verstand gerade wieder SOS und versuchte ihr einzureden, dass dieser Mann doch nicht der richtige sei.

„Nein, ich war das nicht. Aber wenn du willst, dann spreche ich mit dem Chefredakteur, mit dem bin ich befreundet. Ich werde dafür sorgen, dass sie eine tolle Reportage über deine Bäckerei schreiben."

„Warum ausgerechnet die Zauberflöte?" Nora setzte sich neben Daniel. Das Orchester stimmte gerade die Instrumente. Gleich würde der Dirigent kommen und das Orchester würde die Ouvertüre spielen. „Weil es meine Lieblingsoper ist", antwortete Daniel. „Was? Deine auch?" Nora wunderte sich immer mehr über die Facetten, die sie an Daniel erkannte. Ein Unternehmensberater, der einen Hund hatte, der charmant und höflich war, in dessen Armen sie am liebsten stundenlang liegen würde … und dann liebte er auch noch die Zauberflöte. Was würde als Nächstes kommen?"

Unerwarteter Besuch

Mittlerweile war es ein paar Tage vor Weihnachten. In der Zeitung war auf Grund von Daniels Gespräch mit dem Chefredakteur eine Reportage über Noras Bäckerei Tortengold erschienen. Sie hatte eine Petit-Fours-Woche veranstaltet, die auch in dem Artikel in der Zeitung erwähnt wurde, sozusagen als Wiedergutmachung für den anderen Artikel über die baldige Insolvenz von Tortengold.

Es stellte sich heraus, dass die Großbäckerei Hanser den Redakteur für den Artikel über Tortengold großzügig entlohnt hatte, damit er diese Gerüchte in die Welt setzte. Dieser Redakteur musste sich jetzt einen neuen Job suchen.

An jenem Tag saß Nora gerade mit Daniel im Büro der Bäckerei über der Buchhaltung. Daniel hatte ihr versprochen, dass er ihr helfen würde, das Geschäft der Bäckerei anzukurbeln.

Nora war immer noch fassungslos, wie sich ihr Leben verändert hatte. Dabei hatte am Anfang alles so schlimm ausgesehen, dieser Hund, der in die Bäckerei gestürmt war, und die Torte zerstört hatte, war letztendlich an allem schuld. Jetzt lag er friedlich neben Nora in dem Bäckereibüro und schnarchte ein bisschen.

Das Büro befand sich in den hinteren Räumen der Bäckerei. Vorne im Laden stand wie immer die Bäckereifachverkäuferin Josephine und verkaufte Brötchen, Brote, Plunderstücke und Petit fours.

So bemerkte niemand im Büro, dass vor der Bäckerei ein Taxi hielt.

„Hm..., das sieht wirklich nicht rosig aus", sagte Daniel gerade zu Nora. Es scheint so zu sein, dass du wirklich entweder deinen Konditorgesellen oder deine Bäckereifachverkäuferin in der Anzahl der Arbeitsstunden kürzen musst." „Ja, aber das geht doch nicht. Ich brauche beide! Eher könnte ich noch jemand anders zusätzlich einstellen", protestierte Nora.

„Können wir denn irgendwelche Sonderaktionen machen, die das Geschäft ankurbeln, ich meine, jetzt gerade vor Weihnachten wäre das doch eine gute Idee." Nora fiel auf, dass Daniel „wir" gesagt hatte, statt „du". Das gefiel ihr. Sie fühlte immer mehr, dass er ein ernsthaftes Interesse an ihr hatte. Immer, wenn sie ihn anschaute, dann hatte sie dieses wohlige, warme Gefühl im Bauch und ihr Herz wurde ganz weit. Manchmal kniff sie sich dann, weil sie Angst hatte, dass es nur ein Traum war, ein wunderschöner Traum, aus dem sie aufwachte, und dann war da wieder der graue, grauenhafte Alltag mit all seinen Problemen.

Sie stand spontan auf und legte ihren Arm um Daniels Schultern. „Ich bin so glücklich, gerade", murmelte sie.
Da hörte sie von vorne aus dem Verkaufsraum Josephine rufen: „Nora, komm mal, du hast Besuch."
Nora wunderte sich, wer konnte das sein? Sie erwartete niemanden. Aber da stand ihr Besuch schon in der Tür.

„Hallo Nora", „Kathy hat gerufen, und hier bin ich." Nora drehte sich um. Vor Schreck erstarrte sie fast. Es war John. Ihr Noch-Ehemann, der einige Monate zuvor einfach so sang- und klanglos gegangen war. Auf einer Dienstreise hatte er eine der Assistentinnen aus dem Vertrieb der Firma, wo er arbeitete, kennen und leider auch lieben gelernt.

Als beide dann das Angebot bekamen, in die USA zu gehen, nahmen sie es gerne an. Nichts wie weg aus Goldenberg und sich woanders eine Existenz aufbauen. Auch die Assistentin, die übrigens Carla hieß, hatte ihren Mann verlassen.

„Was willst du hier." Noras Stimme war plötzlich so eisig, dass der Raum gleich um einige Grad kälter erschien. „Ja, weißt du es denn nicht?" John schüttelte den Kopf. Kathy hat mir geschrieben, nachdem ich ihr meine neue E-Mail-Adresse geschickt hatte. Es war ihr Wunsch, dass ich Weihnachten bei euch bin. Das war allerdings schon vor acht Wochen. Seltsam, dass sie dir nichts davon erzählt hat." „Nein, hat sie nicht, und ich will es auch nicht. Vor ein paar Wochen noch hätte ich es vielleicht gewollt, aber jetzt nicht mehr. Du kannst dich gleich in den nächsten Flieger setzen und zurückfliegen!" Noras Stimme wurde lauter. Es schien auch so, als würde sie ein wenig zittern, so als würde sie innerlich zwischen Wut und Traurigkeit hin- und herschwanken.

„Ach, hast du dir für die Buchhaltung jemanden geholt, endlich! Das war ja schon immer meine Idee gewesen. Ein wunder, dass der Laden überhaupt noch läuft." John sprach mit zynischem Unterton. „Tja, es war ja schon immer eine Schnapsidee gewesen, dass du die Bäckerei deiner Eltern weiterführen wolltest. In Colorado, wo wir wohnen, geht es doch auch mit Großbäckereien."

„Das ist Daniel, mein neuer Lebensgefährte. Und jetzt raus. Verschwinde und lass dich nicht wieder blicken. Geh zu deiner Carla! Ich will nichts mehr von dir sehen und hören!"

Nora schob John aus dem Büro, gerade als Kathy ankam. „Papa!", rief sie laut und umarmte John. Sie ging mit John aus dem Büro. Nora hörte noch, dass sie ihn fragte: „Und, wie lange bleibst du?"

„Carla heißt seine neue Flamme? Meine Ex-Frau heißt auch Carla", sagte Daniel verwundert.

„Manchmal gehen Zyklen einfach zu Ende", fügte er hinzu. Vielleicht liebt man sich jahrelang und dann entwickelt man sich auseinander", sinnierte er. „Ich habe meine Carla mal sehr geliebt. Aber sie hat nie verstanden, warum ich für meinen Beruf so viel unterwegs bin.

Dabei musste ich es einfach tun. Nicht nur wegen des Geldes, sondern auch, weil mir bei jedem Unternehmen, das aufgeben muss immer noch das Herz blutet. Deshalb liebe ich meinen Job ja so sehr, weil ich anderen mit meinem Wissen helfen kann. Ja, und da habe ich halt manchmal auch die Wochenenden durchgearbeitet. Vielleicht hatte ich wirklich zu wenig Zeit für sie. Genau das war es, was sie immer wieder angekreidet hat."

„Es ist doch schön, wenn man seine Berufung leben kann", antwortete Nora. „Meine Bäckerei ist meine Berufung, auch wenn ich damit nicht reich werde." „Abwarten", antwortete John. Ich habe da schon ein paar Ideen.

„Ich muss nach Kathy schauen!" Nora sprang auf. „Ich bin gleich wieder da."

Kathy saß oben über der Bäckerei in der Wohnung. Sie erzählte ihrem Papa gerade die Geschichte mit Waldi, wie er den Kuchen für Fando & Co. kaputt gemacht hatte. „Papa, kommst du wieder zurück nach Goldenberg?" Kathy hoffte immer noch, dass sie wieder eine Familie wurden. Sie mochte Daniel zwar auch und vor allem Waldi, aber John war eben ihr Papa. "Komm doch mal nach Amerika. Es ist so schön in Colorado. Es würde dir bestimmt gefallen. Ich will gar nicht mehr zurück."

"Kathy, ich muss mit dir reden!" Nora war sauer, dass John hier mit Kathy saß, einfach so, als wäre nichts gewesen. Und jetzt lud er sie auch noch in die USA ein.

"Kathy, warum hast du mir nicht erzählt, dass du John eingeladen hast?" "Es sollte eine Überraschung werden. Ich dachte, du freust dich.", Kathy spielte nervös mit ihren Haaren und rutschte auf dem Stuhl hin- und her. "Was vorbei ist, ist vorbei", antwortete Nora. Papa hat mir sehr wehgetan." "Aber du hast doch jetzt Daniel", antwortete Kathy. Kommt er eigentlich Weihnachten mit Waldi zu uns? "Wir haben noch nicht darüber gesprochen", antwortete Nora. Ihr ging das alles viel zu schnell. Und schließlich war da auch immer noch ihre Freundin Lea, die normalerweise immer an Weihnachten zu ihr kam.

"Also gut", sagte John. Ich respektiere deinen Willen und gehe. Für alle Fälle gebe ich dir meine Mobilnummer, falls du mich doch noch sprechen willst. Ich bin im Goldenberger Hof, zusammen mit Carla." John nahm seinen Koffer und seine Tasche, zog sich den Mantel an und verließ die Wohnung. „Klar doch, im Goldenberger Hof wohnt der feine Herr jetzt! Und ich arme Bäckersfrau bin nicht mehr gut genug für ihn!" Nora schrie so laut, dass Kathy sich die Ohren zuhielt. In diesem Moment entlud sich die ganze Wut, die sich seit Johns Weggang in ihr aufgestaut hatte.

„Ich muss wieder in die Bäckerei", rief sie Kathy zu und knallte die Tür zu. Sie hatte nicht bemerkt, dass Kathy traurig war, dass ihr die Tränen über das Gesicht liefen. Nein, sie nahm noch nicht einmal wahr, dass Kathy sich einsam fühlte.

Als sie in der Bäckerei ankam, begegnete ihr eine Frau mit dunklen langen Haaren, rot geschminkten Lippen und knallroten Fingernägeln. Sie trug einen langen, schwarzen Wollmantel, der aussah, als wäre er von einem bekannten Modeschöpfer. Ganz zu schweigen von den knallroten High Heels, die sie trug. Ihr Parfüm roch süßlich und waberte durch den Laden. Allerdings sah sie gerade nicht so glücklich aus. Nein, sie wirkte eher etwas aufgelöst und geschockt. So, als wäre etwas geschehen, was sie gar nicht erwartet hatte.

Die Frau schien Nora noch nicht einmal zu bemerken, so sehr war sie mit ihren Gedanken beschäftigt.

Nora sah, wie sie in ein wartendes Taxi stieg. Dann entdeckte sie den Mann neben ihr auf der Rückbank. Es war John.

„Daniel?" Nora rannte ins Büro der Bäckerei. Dort saß Daniel und schien genau so verstört zu sein, wie die Frau, die ihr begegnet war. „War diese Frau hier im Büro? Wer war das?" „Das war Carla, meine Ex", antwortete Daniel. „Wie?" „Ja", genau das, was du wahrscheinlich denkst. John ist ihr neuer Partner, er ist es tatsächlich."

Plötzlich mussten Daniel und Nora beide herzhaft lachen. Sie lachten schallend und so laut, dass Kathy oben aus der Wohnung kam und fragte, was los sei. „Als Nora ihr erzählte", dass Johns Neue die Ex von Daniel war und dass beide es nicht gewusst hatten, musste auch sie lachen. „Gab's da nicht mal so eine Sendung namens „Partnertausch"? Nora japste vor Lachen. Das haben wir ja prima hinbekommen." „Ja, und ich denke, es ist genau richtig, so wie es ist", antwortete Daniel.

„Komm mal her, Kathy". Jetzt wo Nora nicht mehr wütend war, wollte sie Kathy in den Arm nehmen. „Ich habe dich lieb und Papa wird dich auch immer liebhaben. Vielleicht können wir ja in den Ferien wirklich mal zu ihm fahren." „Au, ja", Kathy lachte. „Aber jetzt gehe ich erstmal mit Waldi Gassi.

„Und wir beide kümmern uns jetzt wieder um deine Zahlen", mahnte Daniel und küsste sie sanft auf den Mund.

„Ich habe da schon eine Idee. Wie wäre es, wenn du ein Backbuch schreiben würdest. Außerdem könnte ich mir vorstellen, dass du eine Goldenberger Spezialität entwickeln könntest, etwas, das es nur bei dir in der Bäckerei gibt." Daniel hörte gar nicht mehr auf zu reden, so viele Einfälle hatte er. „Wow, das klingt alles echt super." Nora war begeistert. Am liebsten wollte sie sofort anfangen, ihr Backbuch zu konzipieren.

Eine geheimnisvolle Legende

Einen Tag vor Heilig Abend hatte Nora die neue Torte zu Fando & Co. gebracht. Herr Berger, der Chef war wieder gesund, und die Weihnachts- und Jubiläumsfeier konnte stattfinden. Diesmal hatte alles mit der Torte geklappt. Nein, das war viel zu wenig gesagt: Es war eine besonders schöne Torte geworden. Das war auch Daniels Verdienst.

Eine Woche zuvor war er mit einem Buch bei Nora vorbeigekommen, dass schon ziemlich alt aussah, aber auch wertvoll. Es hatte einen hellbraunen Ledereinband und einen Goldschnitt, Das Leder war schon ein bisschen fleckig, und einige Seiten hingen lose heraus.

„Das ist das geheimnisvolle Backbuch meines Urgroßvaters", erzählte Daniel. „Ich wusste doch, ich hatte es noch im Tresor." Jahrelang hatte er nicht mehr daran gedacht. Doch als es Noras Bäckerei finanziell so schlecht ging, fiel ihm die Geschichte von seinem Urgroßvater wieder ein. „Max, mein Urgroßvater, war auch Bäcker. Es war, glaube ich, um 1900 kurz vor Weihnachten. Er saß traurig in seinem Laden. Seine Frau, also meine Urgroßmutter, Erna, war gerade gestorben. Dann hatte zu allem Übel auch noch eine Bäckerei in der Nähe aufgemacht, es war wohl die erste Großbäckerei in Goldenberg damals. Sie hatten eine richtige kleine Fabrik und buken alles in großer Stückzahl und stellten preiswerte Brote her. Sie lockten mit Sonderangeboten die Kunden in ihre Läden. Ja, Läden. Sie eröffneten gleich mehrere Läden in der Stadt. Bei Max kamen nach und nach weniger Kunden.

Als er eines Tages, ich glaube, es war der 23. Dezember, in seinem Laden saß, kam ein geheimnisvoller Mann. Er trug einen langen dunkelblauen Umhang mit glitzernden goldenen Sternen. Seine weißen Haare waren länger, als es sonst damals bei den Männern üblich war. Auch sein weißer Vollbart war ziemlich lang. Ja, es hätte der Weihnachtsmann sein können, wenn er ein rotes Gewand angehabt hätte. Hatte er aber nicht. Dafür hatte er strahlend blaue Augen und man hatte das Gefühl, dass er von einem hellen Licht umgeben war."

„Wie? Das soll wirklich passiert sein?" Nora hatte bis dahin fasziniert zugehört. Aber das erschien ihr nun doch ein bisschen zu unwirklich. „Wer weiß? Jedenfalls erschien damals ein langer Artikel im Goldenberger Boten. Der Mann wurde nie mehr im Ort gesehen. Aber er schenkte Max das Buch, das Buch, was ich dir heute mitbringe."

„Und wie ging die Geschichte weiter?" Jetzt war Nora doch wieder gespannt.

„In dem Buch sind lauter Rezepte. Und eines davon ist diese geheimnisvolle Torte mit dem mystischen Goldstaub, den der Fremde Max schenkte. Dieser Goldstaub hält ewig und geht nie zu Ende. Nie hat jemand jemals wieder einen solchen Goldstaub gehabt. Man wusste auch nicht, wo er überhaupt herkam. Aber er schien irgendwie magisch zu sein. Der mysteriöse Fremde half Max damals, diese Torte aus dem Buch zu backen und schenkte ihm neben dem Buch auch den Goldstaub. „Jeder, der von dieser Torte isst, wird verwandelt", sagte er damals zu Max.

Der Fremde half Max, eine Torte zu backen. Dann füllten beide die Torte mit Erdbeermarmelade, Nougat und Marzipan und verzierten sie mit einem Schokoladenguss, so wie es in dem Rezept stand. Das Besondere aber war der Goldstaub von dem geheimnisvollen Fremden, der obendrauf kam. Und weil es kurz vor Weihnachten war, gab es noch eine spezielle Dekoration aus Marzipanengeln und Weihnachtsmännern.

Nach dem Backen verschwand der geheimnisvolle Fremde und auch die Backstube schien wie verwandelt. Es war alles heller als sonst und Max war nicht mehr traurig. Er war von Zuversicht und Dankbarkeit erfüllt. War das die Verwandlung, von der der Fremde gesprochen hatte?

Jedenfalls sprach sich das mit der Torte schnell herum. Die Menschen kamen wieder zu Max in den Laden und jeder, der die Torte bestellt hatte, erzählte seinen Freunden und Bekannten davon. Max' Bäckerei florierte. Er dachte oft noch an den Fremden, doch er sah ihn nie wieder. Aber eines Tages fand er hinten im Buchumschlag einen Brief. In diesem Brief stand, dass jeder, der das Buch und den geheimnisvollen Goldstaub bekam, beides weitergeben musste an jemanden, der ihm viel bedeutet. Und du bedeutest mir viel." Daniel nahm Nora in den Arm. Nora war immer noch beeindruckt von dem, was sie gehört hatte. Dass sie das Buch jetzt bekommen sollte? Ein Glücksgefühl durchströmte sie.

Fando & Co. war die erste Firma, die eine Torte nach diesem Rezept bekam, mit dem magischen Goldstaub, der seit Jahrhunderten immer wieder weitergegeben wird. Jetzt war es Nora, die diese Tradition fortsetzen durfte.

Noch Wochen später sprach man bei Fando & Co. über fast nichts Anderes, als Noras Torte. Herr Berger, der Chef persönlich kam zu ihr in den Laden und bestellte die Torte gleich noch mal als Weihnachtstorte für seine Familie. „Sagen Sie mal, Frau Lichtenberg", kann es sein, dass das dies Torte ist, diese berühmte Torte, aus dem geheimnisvollen Buch? Mein Vater konnte sich noch an die Legende erinnern. „Ja, es ist diese Torte", antwortete Nora. „Haben Sie nicht auch das Gefühl, dass alle Menschen glücklicher und dankbarer sind, wenn sie davon essen?" „Ja, das habe ich", antwortete Herr Berger. Bei mir in der Firma ist es jedenfalls so. Da werde ich sicher noch öfter eine bestellen."

Ein besonderes Weihnachtsfest

Nach all den aufregenden Wochen war es dann endlich so weit. Der Heiligabend war da. Kathy konnte die Nacht vorher kaum schlafen. Nora und sie waren bei Daniel eingeladen. Er hatte eine Villa auf dem Hügel, ganz in der Nähe des Herrenhauses, das dem Sternekoch vom Goldenberger Hof gehörte.

Am ersten Weihnachtsfeiertag wollten Sie sich mit John und Carla treffen. Nora hatte noch mal mit John gesprochen und Daniel mit Carla. Alle vier fanden jetzt, dass es so wie es war, gut war. John war mit Carla glücklich und Nora mit Daniel.

Und Kathy mochte Daniel und Waldi noch viel mehr. Ihr fiel ein, dass sie ja auf ihrem Wunschzettel einen Hund stehen hatte. Jetzt war ein Hund da, der ihr zwar nicht gehörte, mit dem sie aber jederzeit zusammen sein konnte, spazieren gehen oder spielen konnte, wenn sie Daniel fragte. Daniel war froh darüber, dass Kathy sich um den Hund kümmerte und besserte dafür regelmäßig ihr Taschengeld auf.

Und Lara? Was war mit Lara?

Nora hatte sie in dem Trubel ganz vergessen. Sie hatte erst am Morgen des Heiligabends bei ihr angerufen. „Das du dich auch mal wieder meldest." Lara klang ein wenig vorwurfsvoll. „Entschuldige bitte, aber hier war so viel los. Erinnerst du dich noch an unser Treffen vor ein paar Wochen? Da haben wir doch das Spiel gemacht „Wir backen einen Mann." „Natürlich", antwortete Lara. „Stell dir vor, ich habe meinen Traummann gefunden." Und dann erzählte Nora ihr, wie sie Daniel kennen gelernt hatte. „Du auch?" Lara unterbrach sie.

Stell dir vor, Ich war auf einem Selbsterfahrungs-Kreativwochenende im Kloster Wartenberg und da war Bernd. Er wird nach Goldenberg ziehen, wir suchen schon eine gemeinsame Wohnung."

Heißt das, du feierst Weihnachten auch mit ihm?" Nora war perplex. „Ja, das heißt es", antwortete sie und ihre Stimme klang verträumt. Das war so gar nicht die Lara, die sie kannte.

„Da müssen wir uns im neuen Jahr unbedingt mal austauschen. Ich freue mich so sehr für dich", sagte Nora. „Du, jetzt muss ich aufhören, Bernd ruft auf dem Smartphone an. Mach's gut, Nora. Ich bin schon gespannt auf Daniel. Und grüße Kathy von mir." Dann legte Lara auf.

Nora hatte wieder den türkisfarbenen Hosenanzug angezogen, den sie einige Wochen zuvor anhatte, als sie sich das erste Mal mit Daniel getroffen hatte. Sie hatte für Daniel feinste Pralinen hergestellt und mit dem geheimnisvollen Goldstaub verziert. Außerdem hatte sie für ihn einen Pullover stricken lassen. Sie kannte einen Laden im Zentrum von Goldenberg, dessen Geschäftsidee es war, dass man nicht nur Wolle kaufen, sondern auch Pullis, Jacken und Mützen auf Bestellung stricken lassen konnte.

Kathy hatte ihr weinrotes Kleid angezogen und darunter eine Bluse mit kleinen rosa Blümchen.

„Mama, kommt der Weihnachtsmann eigentlich auch zu Daniel?" Kathy war sich nicht sicher. Seitdem sie auf der Welt war, hatte sie Weihnachten immer in der Wohnung über der Bäckerei verbracht. „Klar", antwortete Nora.

Und dann kam der große Augenblick. Nora und Kathy besuchten Daniel zum ersten Mal. Sie würden auch dort übernachten, denn es hatte am Tag ordentlich gescheit und schneite immer noch. Da Nora kein Auto hatte, spendierte sie ihnen beiden ein Taxi zu Daniel.

„Hallo, ihr beiden." Daniel stand in der Tür und freute sich. „Kommt herein!"

In dem Haus war es warm und gemütlich. Der Weihnachtsbaum stand in der Bibliothek, wo in hohen Regalen aus dunkelbraunem Holz unzählige Bücher in Reih und Glied standen. Der Weihnachtsbaum war mit einer Lichterkette und goldenen und dunkelblauen Kugeln geschmückt, die ge-

heimnisvoll im Licht glitzerten. Unter dem Weihnachtsbaum lagen größere und kleinere Pakete. Das Feuer im Kamin strahlte eine wohlige Wärme aus.
„Hier ist es schön", rief Kathy begeistert.
„Können wir nicht für immer hierbleiben?" „Freut mich, dass es dir gefällt." Daniel kam zur Tür herein und hatte gehört, was Kathy gesagt hatte.

Vor der Bescherung aßen Sie gemeinsam im Speisezimmer. Es gab einen Gänsebraten mit Knödeln und Rotkraut, den Daniel im Goldenberger Hof bestellt hatte.

Als sie gerade beim Essen waren, läutete die Türglocke. Daniel öffnete. „Ist hier eine Kathy?", fragte eine tiefe Stimme. „Der Weihnachtsmann!" Kathy sprang auf und rannte in die Bibliothek. Doch da war niemand. Wieder hatte sie ihn nur gehört und nicht gesehen. Aber ein großer Sack stand da am Weihnachtsbaum, der vorher nicht dagewesen war.

„Dieser Sack ist ganz alleine für dich", sagte Daniel. „Der Weihnachtsmann hat ihn gebracht."
Und dann kam der große Moment. Kathy konnte ihre Geschenke auspacken. Sie bekam nicht nur ihr erstes Smartphone, das war ein Geschenk von Daniel, sondern auch zwei Flugtickets in die USA zu John und Clara nach Colorado. „Damit du nicht alleine fliegen musst", sagte Nora. Dann kann ich mitkommen.

Daniel freute sich über den Pullover und die selbstgemachten Pralinen. „Wow, von einer echten Konditorin." „Ja, ich habe ein Rezept aus dem geheimnisvollen Buch genommen", antwortete Nora.
Als Letzte packte Nora ihre Geschenke aus. In der Hand hielt sie einen großen Umschlag. „Was ist das denn?" Neugierig machte sie ihn auf.

Darin befand sich ein Vertrag mit einem renommierten Verlag für Back- und Kochbücher und ein Scheck über einen Vorschuss von 5000 €. „Wow", sie machen mein Buch!" Nora strahlte vor Glück. Daniel hatte versprochen, sich darum zu kümmern. Durch seine Arbeit als Unternehmensberater kannte er auch einige Buchverlage.

Dann waren alle Päckchen ausgepackt, bis auf ein kleines Päckchen, das Nora fast übersehen hätte.

Jetzt hielt sie es in der Hand und machte vorsichtig das Papier ab. Zum Vorschein kam eine kleine goldene Schatulle. Darin lag ein filigran gearbeiteter, goldener Ring mit drei Brillanten. Als sie ihn auf ihren Ringfinger steckte, passte er so, als hätte sie ihn schon immer getragen. „Er ist wunderschön", flüstere sie. „So etwas habe ich noch nie gehabt".
„Willst du meine Frau werden", sagte Daniel sanft, nahm sie in den Arm und küsste sie auf ihren

Mund. „Ja, ich kann mir nichts Schöneres vorstellen", sagte Nora und ließ sich in seine Arme fallen.

Kathy kraulte Waldi und schaute aus dem Fenster, wo die Schneeflocken immer dichter wurden.

„Mama, Daniel, vielen Dank. Das ist das wunderschönste Weihnachten, was ich bisher hatte", rief sie. Dann ging sie zu Daniel, umarmte ihn und rief: „Fröhliche Weihnachten! Schön, dass wir bald wieder eine richtige Familie sind und ich jetzt sogar zwei Väter habe und einen Hund!"

Die Autorin

Elli Joy ist das Pseudonym einer Ratgeber-Autorin und Bloggerin, die schon als Kind gerne Geschichten schrieb.

Unter dem Namen Elli Joy veröffentlicht sie inspirierende Geschichten, mal humorvoll, mal nachdenklich und besinnlich. Geschichten zum Träumen, Geschichten, die längst vergessene Träume wiedererwecken sollen, Geschichten fürs Herz.

Das Buch *Ein Weihnachtshund kommt selten allein* ist ihr erstes Buch.

Mehr auf der Website: www.ellijoy.com

Handtaschen-Geschichten

Handtaschen-Geschichten sind kleine Bücher, die in fast jede Handtasche passen. Kurze Geschichten, die Ihnen dabei helfen, für einen Moment dem Alltag zu entfliehen.

Ganz gleich, ob Sie im Zug sitzen, auf das Flugzeug warten oder jemandem eine kleine Freude machen wollen. Handtaschengeschichten passen immer. Es gibt sie auch als E-Book.